LE PETIT ALMANACH DE NOS GRANDES FEMMES,

ACCOMPAGNÉ DE QUELQUES PRÉDICTIONS

Pour l'année 1789.

Notum quid fæmina possit.
Virg. Œneid.

A LONDRES.

PRÉFACE.

DES hommes vraiment charitables, & dont la vue perçante & microſcopique découvre le génie le plus imperceptible, nous ont fait apercevoir, l'année dernière, dans la littérature, de petits animalcules, dont les cris aigres avoient bien quelquefois écorché nos oreilles, mais qui, ſemblables au ciron, ſe déroboient aux yeux les plus clairvoyans. Graces à ces *Linnés* de notre littérature, nous avons reconnu qu'il en eſt des lettres comme de la nature, qui ſe plaît à cacher ſes plus grandes merveilles dans l'*infiniment petit.*

Que d'objets nouveaux ont alors frappé tous les regards ! Que de Phénix éclos ſous la plume de ces Auteurs bienfaiſans ! Que de génies, étonnés eux-mêmes de ſe voir produits au grand jour, ont également ſurpris, & l'œil contemplatif du Philoſophe qui ſe pique de tout connoître, & celui de l'ignorant de bonne foi, qui compte pour rien le peu qu'il connoît ! Qui ne s'écria pas alors avec Boileau :

Oh ! que d'écrits obſcurs, de livres ignorés
Furent en ce grand jour de la poudre tirés !
Vous en fûtes tirés, Planchet & la Platière ;
Et toi, rebut du peuple, inconnu la Buſ-
ſière, &c. &c. &c. &c. &c.

Cependant, malgré les juſtes éloges que l'on a donnés aux Auteurs *du Petit Almanach de nos Grands Hommes*, tout en admirant leurs grandes découvertes, on a ſenti qu'il y reſtoit encore quelque choſe à déſirer ; on a ſenti que leur eſprit, borné comme celui des autres mortels, rebuté d'ailleurs de tant de fatigues, n'avoit pu pénétrer juſqu'aux endroits les plus profonds des *régions de l'inconnu*, où, ſelon toutes les apparences, on devoit trouver quelque choſe de plus curieux encore.

Nous avons long-temps examiné quelles pouvoient être ces découvertes qui reſtoient à faire ; & à force de réfléchir ſur cette matière importante, un rayon de lumière eſt venu tout à coup nous éclairer. Nous avons remarqué que nos obſervateurs de l'an paſſé n'avoient annoncé que des phénomènes d'une ſeule eſpèce ; ſavoir, de l'eſpèce maſculine. Auſſitôt notre étonnement a ceſſé. Nous nous ſommes promis une nouvelle conquête, plus glorieuſe peut-être, mais certainement plus difficile. En nous repliant ſur les ſiècles paſſés, nous avons vu briller, du temps d'Homère, les Sapho, les Aſpaſie, & autres. Le ſiècle de Louis XIV nous a offert les mêmes prodiges. Les Sévigné, les Deſhoullière, les Scudéri ſe ſont fait preſque un auſſi grand nom que les Corneille & les Racine. Le nôtre n'enfantoit-il plus de ces ames divines ? avoit-il perdu l'énergie néceſſaire à faire éclore de ſemblables merveilles ? Nous ne le pouvions croire, & notre vanité ſe refuſoit à cette penſée humiliante. Perſuadés qu'il étoit de la dernière importance d'approfondir cette ſingularité, nous en avons formé le hardi projet. Travaux, fatigues, rien ne nous a rebutés ; toutes les difficultés ont diſparu : nous n'avons vu que la gloire attachée au ſuccès de cette entrepriſe. Bientôt, à notre grande ſatisfaction, nous avons reconnu que le ſiècle où nous sommes ne devoit rien de ce côté à ceux qui l'ont précédé ; que les mêmes prodiges existoient encore ; mais que s'ils se déroboient aux yeux, c'étoit par un excès de modestie, bien digne de l'estime & de l'admiration de tous les gens de bien. Lever le voile qui couvroit leur existence, la rendre publique & avérée, leur procurer la gloire qu'ils méritoient, c'est ce que nous avons tâché de faire, c'est ce que nous nous flattons d'avoir fait.

Transportés de joie à la vue de nos nombreuses &

brillantes découvertes, nous méditions déjà un gros volume, dans lequel nous devions propoſer le plus beau projet qui, ſelon nous, fût jamais entré dans la tête de l'homme : nous voulions qu'on dreſsât quarante fauteuils de plus à l'Académie françoiſe, où viendroient s'aſſeoir quarante ſemmes d'un mérite reconnu. Quel plus beau ſpectacle, nous diſions-nous, que de voir l'illuſtre du *Boccage* ſiéger à côté de l'immortel la *Harpe*; la comique *Saint-Léger*, à côté du *tragique le Mierre*; & la profonde *Kéralio*, près du célèbre, du fameux *Suard !* Le Chantre de *Colomb* rechaufferoit l'auteur du froid *Menzicoff* ; l'auteur des *Deux Sœurs* donneroit l'essor à *Térée* ; l'historiographe d'*Elisabeth* communiqueroit son talent à l'historiographe de France ; & la tendre émule de *Théocrite*, l'aimable *Verdier* partageroit les chalumeaux de ce grand Poëte avec l'élégant traducteur de ses Idilles. Quel agréable mélange ! quatre-vingts beaux esprits mâles & femelles dans un coin du Louvre !

Telles étoient les raiſons dont nous nous préparions à appuyer notre projet, lorſqu'un amateur de la haute littérature eſt venu tout renverſer. « Mes amis, s'eſt-il » écrié, vous avez des idées » fantaſtiques ; gardez-vous de » les rendre publiques, on » vous traiteroit de gens à » paradoxes & de viſionnaires. » Jamais nos Dames ne ſeront » reçues à l'Académie ; parce » que les Grâces, auſſi bien » que les Muſes, y ſeroient » aujourd'hui déplacées. D'a- » bord les Amours, qui ne » peuvent ſe détacher d'elles,

» & dont sur-tout elles ne » peuvent vivre séparées, bri- » gueroient, & obtiendroient » infailliblement les fauteuils. » Les fauteuils, une fois oc- » cupés par les Amours, ne » tarderoient guère à se trans- » former en canapés; & les » pauvres maris compteroient » désormais les naufrages de » la vertu de leurs savantes » moitiés par les séances aca- » démiques, qui, devenant » de jour en jour plus fré- » quentes, rendroient en peu » de temps le calcul impossi- » ble. Peut-être que ces gé- » néreuses Dames, lorsqu'elles

» feroient laſſes de frauder les » droits de l'hymen, feroient » tourner les ſéances au profit » de leurs époux, en leur » prodiguant un titre plus » harmonieux que celui donné » en pareil cas par le vulgaire. » Mais ces Meſſieurs feront » très-bien de s'en tenir à leur » premier nom, de peur qu'une » nouvelle dénomination, que » l'on ſauroit être le réſultat » de pareilles aſſemblées, en » diſant moins, ne faſſe en- » tendre davantage ». Ce diſcours inattendu nous a fait rentrer dans les bornes de notre Almanach, & nous ne nous ſommes plus occupés depuis qu'à y mettre la dernière main. Mais quoique nous n'ayons épargné ni ſoins ni travaux, la vérité néanmoins nous arrache ici un aveu bien pénible pour des auteurs, & bien capable de démonter notre orgueil, ſi nous en avions. Le lecteur apercevra facilement la différence qui règne entre l'Almanach des Grands-Hommes & celui que nous lui préſentons. Hélas! nous ne ſommes pas à nous en apercevoir! Combien de fois avons-nous été tentés de jeter notre Ouvrage au feu, après avoir lu celui de nos Confrères ? Nous l'aurions fait certainement, si nous n'avions pas réfléchi que nous travaillions pour un sexe sensible & indulgent, qui ne manquera pas de reconnoître nos peines, & de nous passer quelques défauts en faveur des bonnes intentions qui nous ont guidés, en élevant ce monument à leur gloire.

LE PETIT ALMANACH DE NOS GRANDES FEMMES.

A.

AUGIS DE MONTOIRE. (Mlle.) Après avoir préludé quelque temps à ses triomphes par divers essais ; après avoir monté successivement sa lyre sur le ton sublime & tendre, simple & enjoué, & toujours avec ſuccès ; inſatiable de gloire , elle a convoité un nouveau laurier , & s'eſt élancée , avec une audace intrépide , dans la vaſte carrière de l'Enigme , où elle marche à pas de géant. Le croira-t-on cependant ? Ses envieux l'ont défiée de s'élever juſqu'à la hauteur de la Charade, & cela, pourquoi ? parce qu'elle n'avoit pas encore tenté ce genre difficile. Il faut l'avouer, la paſſion eſt bien aveugle & ne raiſonne guère. Quoi ! un talent marqué pour un certain genre en exclut-il néceſſairement un autre ! Le cygne de Mantoue, après avoir eſſayé ſur le flageolet des airs champêtres, n'a-t-il pas embouché la trompette héroïque avec plus de ſuccès encore ? Si donc l'oracle du Mercure ſe taît depuis quelque temps, que ſes ennemis ſe gardent bien de prendre ſon ſilence pour un aveu de ſa foibleſſe. Nous voulons bien les avertir que Mademoiſelle *Augis* prépare, dans le ſecret, les foudres qui les vont terraſſer, & qu'elle met la dernière main à une Charade, à laquelle elle travaille, dans cette intention, depuis long-temps.

Aurore, (Mlle.) de l'Académie royale de Muſique. Cette Nymphe opératrice a plus d'un talent, & l'on peut dire même que ce n'eſt pas ſur la ſcène qu'elle joue le mieux ſon rôle. Elle excelle, par exemple, dans la poéſie fugitive. Il y a quatre ou cinq ans qu'elle lâcha une Elégie ſur la perte d'un Amant, qui probablement n'aura pas manqué de ramener le volage, puiſque nous, qui n'y étions pour rien, avons larmoyé de toutes nos forces en la liſant. Voyez encore ſon Epître à M. Charles, dans laquelle Mademoiſelle le félicite, en vers bien ſonores, d'avoir rendu une viſite à *Aurore*, ſa patrone & ſa *rivale*.

B.

BEAUHARNAIS (Mde. la Comteſſe de) manie auſſi la plume avec beaucoup d'aiſance. Parmi les pièces infinies dont elle a enrichi le Théâtre françois, on doit ſur-tout diſtinguer la *Fauſſe Inconſtance*, drame qui a été applaudie avec fureur. On nous a rapporté à ce ſujet un petit dialogue entre le *Couſin Jacques* & M. l'abbé *Aubert*, que nous ne conſignons ici que pour faire voir combien l'envie s'attache au mérite. Le jour de la première repréſentation, le *Couſin*, ſe trouvant à côté de M. l'abbé Aubert, lui demanda des renſeignemens ſur la pièce. *C'eſt*, dit celui-ci, *une pièce en cinq actes & en proſe de madame de Beauharnais, revue & corrigée par M. le Chevalier de Cubières.—Eſt ce la pièce ou l'auteur qui a été revue & corrigée?* reprit le *Couſin.* Voilà, ſans contredit, une des *couſinades* les plus fortes & les plus inſupportables qu'on puiſſe dire. Heureuſement pour madame la Comteſſe, que l'auteur eſt un lunatique que perſonne n'écoute.

Outre les ouvrages mentionnés ci-deſſus, Madame a mis au jour un petit livre intitulé les *Amans d'autre fois.* On en a fait quinze éditions coup ſur coup, & c'eſt, au jugement des connoiſſeurs, le *nec plus ultrà* du génie féminin. Si l'on veut conſulter les journaux, on verra que madame de Beauharnais n'eſt pas moins étonnante en poéſie qu'en proſe, quoique M. le Brun ait dit :

. . . . . Elle n'a que deux petits travers;
Elle fait ſon viſage, & ne fait pas ſes vers.

Beaumarets, (Mde. de) auteur de pluſieurs Épîtres en vers, dans leſquelles on retrouve l'élégance de Greſſet & les grâces de Voltaire. Nous croyons que ſon chef-d'œuvre eſt une Épître à M. *Bardin l'aîné*, *à Sens*, pour l'engager à ne pas oublier ſes amis & ſes amies. On lui donne les épithètes charmantes d'*Apoſtat du Pinde* & de *transfuge de la capitale.*

Ceci nous a fait naître une réflexion. Que M. *Bardin l'aîné*, *à Sens*, mérite tous les noms dont on le gratifie ; c'est sans doute un malheur que le public sent vivement : mais combien ne seroit-il pas affligé si la province venoit à lui enlever l'auteur de cette Epître galante !

Beaunoir (Mde. de) travaille sans relâche pour nos théâtres. On se rappelle encore aujourd'hui les brillans succès de *Fanfan & Colas*. Il nous semble cependant que ce n'est pas cette pièce qui a le mieux constaté le mérite de madame de Beaunoir, puisque M. l'abbé Aubert en avoit déjà fait au moins les trois quarts & demi. Ce seroit plutôt, selon nous, la *Suite de Fanfan & Colas*, ou bien *Jérôme Pointu*, le chef-d'œuvre des Variétés. On ne ſauroit concevoir comment une femme ſeule a pu ſouffler à un vieux Procureur tant de jolies choſes pour rire. L'envie s'eſt auſſi déchaînée contre madame de Beaunoir. On a prétendu, on prétend même encore que le mari dicte, lorſque Madame écrit. Ceci n'eſt qu'un conte, auquel les perſonnes ſenſées n'ajouteront jamais foi. Il eſt vrai que M. de Beaunoir eſt auteur auſſi ; mais comment ſe perſuader qu'il ait été aſſez maladroit, ou, ſi l'on veut, aſſez complaiſant pour ne ſe réſerver que les *Amis du jour*, pièce qu'on n'oſeroit comparer à celles de madame ſon épouſe, & qui n'a fait que paroître au théâtre ?

BECCARY

Beccary (Mde.) doit être comptée au nombre de ces auteurs bienfaisans, qui font passer tous les jours dans notre langue les chef-d'œuvres de la littérature angloise. On sent bien que nous voulons parler de *Fanni Spingler*. Cet ouvrage de madame Beccary est plein d'une morale vraie, usuelle, & sans exagération. Il y a bien cependant quelque petit défaut ; mais c'est le talon d'Achille, il est difficile à saisir.

Benoît (Mde.) a fait, outre plusieurs pièces de théâtre, un ouvrage très-moral. Le but est de prouver que tout est folie dans la prudence humaine. C'est une réflexion bien triste, bien humiliante pour notre malheureuse espèce ;

mais dont nous avons reconnu plus que jamais la vérité, en parcourant le livre de madame Benoît, où l'on trouve une infinité de choses bien pensées & très-philosophiques, quoiqu'il ne soit pas plus gros qu'un volume de l'Encyclopédie.

Isabelle Berghmans (Mlle.) est une muse étrangère, très-versée néanmoins dans la poésie françoise. Des bouts rimés, pleins d'une morale saine & vigoureuse, forment ses *lettres de naturalité*.

Blaireau, (Mlle.) Une héroïde de la belle Mancini à Louis XIV, qui ne le cède point à celle d'Héloïse, est la pièce de réception de cette Demoiselle au temple de mémoire. Une Idille de Gesner, traduite en très-beaux vers françois, lui a été aussi d'un grand secours. Quoique mademoiselle Blaireau ait assez fait pour sa réputation, elle ne se croit pas encore quitte envers le public. On parle beaucoup d'une réponse de Louis XIV.

O utinam!

BOCCAGE. (Mde. du) Nous ne répéterons point ici les éloges qu'on a prodigués si justement à ses deux poëmes. Tout le monde sait avec quel succès l'auteur a lutté contre Milton & Camoëns. Nous rappellerons seulement à la mémoire des gens de goût, un autre ouvrage de madame du *Boccage*, qui n'est pas, à beaucoup près, aussi connu qu'il le mérite, & cela par la faute des Comédiens François. Nous voulons parler d'une tragédie en cinq actes & en vers, intitulée les *Amazones*, pièce dans laquelle on reconnoît les ſentimens nobles & ſublimes de cette *Amazone* de la littérature.

BOURDIC (Mde. la Baronne de) eſt Poëte dans toute la force du terme; ſes petits vers, qui pourroient déjà remplir deux gros volumes in-8°., ont la douceur des pavots; la morale en eſt auſſi très-ſaîne & très-lumineuſe. Nous en avons une preuve ſingulière dans une Epître de Madame, adreſſée à une jeune amie qui vouloit allaiter ſon enfant. Elle lui conſeille de n'en rien faire, & lui prouve clairement que ce feroit gâter *ſon beau ſein*, & changer *Venus* en *Cybèle.* Madame de Bourdic a mis le ſceau à ſa réputation, en chantant le plus grand ennemi de son sexe, c'est-à-dire, le *Silence.* Voici le début :

Contemporain avec l'éternité,
Silence ! tu régnas sur la nature entière,
Long-temps avant que la matière
Reçût les lois de la Divinité.
Tout fut en toi ; *sans toi rien n'eût été.*

Pas même les strophes élégantes de madame la Baronne.

BOUQUET, (Mde.) Auteur-Libraire à Falaise en Normandie. On a vu dans ces derniers temps un Poëte bas-breton agacer tous les beaux esprits de la France sous le masque femelle, & devenir ensuite le jouet de ses admirateurs les plus passionnés. Madame Bouquet a parodié cette tragédie d'une manière fort adroite, en faisant paroître ſes ouvrages ſous le nom ſpécieux d'un M. *Lar*...... (liſez *Larivière*), Etudiant en droit. Cette muſe originale nous a déjà régalés d'une foule de chanſons frappées au bon coin ; mais le meilleur plat de ſon métier eſt un Almanach pour l'année biſſextile 1788, intitulé *Etrennes comme il y en a peu :* on pourroit dire, *comme il n'y en a point.* C'eſt une encyclopédie en miniature. Proſe, vers, aſtronomie, géographie, phyſique, bons mots, anecdotes curieuſes, tout s'y trouve : en un mot, c'eſt le *vade-mecum* des plus grands connoiſſeurs de Falaiſe.

Si jamais notre Almanach parvient juſques dans cette ville célèbre (ce que nous n'oſons trop eſpérer), la modeſtie de madame

Bouquet ſera peut-être alarmée de la préſente notice. Nous la prions cependant de conſidérer, qu'ayant entrepris l'éloge des femmes célèbres, nous ne pouvions, ſans une injuſtice criante, lui refuſer le tribut qu'elle mérite : d'ailleurs notre indiſcrétion ne peut que lui faire honneur : ſes ouvrages ont été goûtés, même comme provenant d'un homme; combien le public ne va-t-il pas redoubler ſes louanges, quand il apprendra que c'eſt une femme qui en eſt l'auteur !

Bourette. (Mde.) Comme ſes autres ouvrages ſont entre les mains de tout le monde (1), nous ne parlerons ici que de ſa *Coquette*

(1) Voyez la Muſe *limonadière*.

punie, comédie en un acte & en vers, qui peut très-bien faire pendant à la *Coquette corrigée* de madame *de Guibert.* Un incrédule, ou plutôt un jaloux de la gloire de madame Bourette, nous a soutenu *mordicus* que cette pièce étoit une chimère qui n'existoit que dans notre imagination. Nous enragions; & cependant, quoique sûrs de notre fait, nous ne savions trop comment le prouver, lorsqu'un amateur de théâtre, à qui nous avions confié notre embarras, nous a assurés qu'il avoit assisté aux funérailles de cette pièce, & nous en a même délivré, pour plus grande sûreté, un extrait mortuaire, avec lequel nous avons aussi-tôt fermé la bouche à notre adversaire.

Brunet, (Mlle.) la cadette

de Fontenay-le-Comte, vient de quitter dernièrement l'énigme pour l'acroſtiche. Cette jeune muſe proſpère à vue d'œil.

C.

CANDEILLE, (Mlle.) Poëte, Actrice, & Muſicienne. Toutes les fois qu'elle chante au Concert ſpirituel des vers & de la muſique de ſa compoſition, elle n'obtient pas moins d'applaudiſſemens qu'au théâtre.

CASTAN de Narbonne (Mlle.) s'eſt jetée à corps perdu dans la Charade, où elle fait des prodiges. En voici une preuve convaincante :

Dans les forêts mon premier *vit debout*;
On entend mon dernier, on avale mon tout.

(Poiſſon.)

SAINT-CHAMOND (Mde. la Marquiſe de) eſt auſſi diſtinguée par ſes talens que par ſa naiſſance. Liſez *les Amans ſans le ſavoir*, comédie en trois actes & en proſe, dont elle a enrichi la ſcène françoiſe. Cette pièce nous a paru auſſi ſingulière que ſon titre ; & nous ne concevons pas comment les Comédiens, qui remettent tous les jours au théâtre des pièces déteſtables, ne penſent point à celle de madame la Marquiſe : nous en oſerions garantir le ſuccès.

CLAINVILLE (Mde. de) envoye quelquefois au Mercure de France des charades marquées au coin du génie ; mais malheureuſement & par une ſingularité bien extraordinaire, Madame ne *rime que dans les temps de pluie.* Il feroit à fouhaiter pour les amateurs de la charade qu'il plût toujours.

COURCELLES, (Mlle de) Américaine. Semblable à ces plantes agréables que les curieux tranfportent de l'un à l'autre hémifphère, & qui deviennent l'honneur & l'ornement de nos jardins ; cette jeune mufe, tranfplantée des bords américains fur les rives de la Seine, fait l'amufement & les délices de la France littéraire. C'eft une acquifition dont nous ne pouvons trop nous féliciter, & que doit bien regretter l'hélicon de l'Amérique. Heureux deftin du Parnaffe françois, qui s'enrichit des pertes de toutes les nations de l'univers connu !

Voyez fur-tout l'Epître de Mademoiſelle de Courcelles à M. le Comte de Treſſan.

D.

Desgranges (Mlle.) vient de donner un furieux démenti à ceux qui prétendent que *tout eſt dit*, puiſqu'elle a ſu ſe faire une réputation brillante dans le genre le plus rebattu, c'eſt-à-dire, le *Triolet*. Les Œuvres de mademoiſelle Desgranges ſont déjà d'une rareté ſans exemple; preuve inconteſtable de leur mérite.

Dufresnoy (Mde.) eſt d'une fécondité étonnante. Nous ſommes encore à concevoir comment cette Dame peut rédiger à elle ſeule, & même quelquefois meubler en entier un Journal auſſi varié, auſſi intéreſſant, auſſi volumineux que le *Courrier lyrique*, ſans que les Journaux ſes confrères en ſouffrent ; car il y en a bien peu où l'on ne trouve quelques Epîtres de madame Dufreſnoy à MM. *Knapen* fils, *Damas*, &c. Ses vers en outre diſent cent fois plus qu'ils ne ſont gros ; une douzaine ſeule ſuffit pour occuper pendant plus de quinze jours un lecteur réfléchi. Nous croyons par exemple qu'on doit faire une pauſe après la lecture de ce quatrain, adreſſé aux arbres du bois de Vincennes :

« Beaux arbres, ...
» Que j'aime votre ombrage frais !
» Vous inſpirez le badinage,
» Et vous ne babillez jamais ».

E.

Emilie, (Mlle.) âgée de treize ans, a lancé une Epigramme contre les auteurs qui *compoſent par chapitres.* Mademoiſelle Emilie eſt bien méchante pour ſon âge.

Evêque, (Mlle. l') ſi connue par ſes Idilles. Ce genre manquoit à notre littérature; mais Mademoiſelle a ſi bien réparé cette lacune, que nous n'avons plus rien à envier, de ce côté, aux Grecs, aux Romains, & aux Allemands. Sans vouloir rétracter ici les éloges que nous donnons plus bas à madame *Verdier*, il nous ſemble que Mademoiſelle a eu autant de part qu'elle à la ſucceſſion de Théocrite, puiſqu'à l'exception de quelques traits un peu trop ſublimes pour l'Idille, on retrouve entièrement la touche de cet auteur en liſant mademoiſelle l'Evêque.

F.

Falconnet, (Mde.) autrefois madame *Chaumont*, par un excès de modeſtie, bien excuſable dans toute autre perſonne qui n'auroit pas ſes talens, a d'abord cru devoir partager le fardeau de ſes travaux & de ſa gloire avec madame *Roſet*. La réunion de ces deux génies a produit l'*Heureuſe Rencontre*.

Fer..... (Mde. la Marquiſe de la) Nous ne connoiſſons que la moitié du nom de cette Dame. Il n'en eſt pas de même de ſes

Fables divines. Un ſtyle vraiment neuf, une philoſophie toujours gaie, toujours naturelle, en font le principal mérite. Il eſt aiſé de voir que Madame eſt une vraie Marquiſe, ou du moins qu'elle en a la fortune. Sans cela, prodigueroit-elle ſi largement à tous les journaux des ouvrages dont la collection feroit capable d'enrichir un Auteur pauvre, & vingt Libraires qui mourroient de faim? Que Lafontaine eſt petit auprès de madame la Marquiſe! Comparez ce qu'il a fait de mieux avec le commencement de cette Fable, & jugez:

(*Le Brochet & les Grenouilles.*)

» Sur les bords d'un étang des grenouilles *chantoient*,
» *Ou, pour mieux dire, croaſſoient.*

» Un brochet qu'elles ennuyoient
» *S'en* plaignit l'*autre matinée.*
» Il les apostropha d'une étrange façon
» Sur leur *voix* & sur leur *figure*,
» Sur leur *démarche* & leur *tournure*,
» *Sur la bassesse enfin de leur condi-*
» *tion*, &c ».

Voilà le véritable style de la Fable, que ni Lafontaine, ni même Lamotte n'ont jamais connu.

FITTE (Mde. la) a mis au jour un ouvrage des plus intéressans : il a pour titre, *Entretiens*, *Drames*, *& Contes moraux à l'usage des enfans*. Nous ne connoissons jusqu'ici que M. Berquin qui puisse être comparé à cette Dame. La plus étonnante érudition, la diction la plus élégante, les particularités les plus précieuses sont les traits caractéristiques de ce petit volume. Nous y avons ſur-tout lu & relu un entretien de *Jacquot* qui cueille des prunes de *Monſieur avec ſon papa* ; & nous ſoutenons qu'il faut le connoître, pour connoître la belle nature. Nous y avons de plus admiré deux queſtions importantes, qui donnent lieu aux plus ſavantes réponſes. Il s'agit de ſavoir ſi *métamorphoſe* ne veut pas dire *changement*, & ſi les *chenilles* ont *des yeux*. La préface, dont le ſtyle eſt ſingulièrement coulant, eſt adreſſée à la Reine de la Grande-Bretagne. On n'en ſera pas ſurpris, ſi l'on conſidère que l'ouvrage de madame la Fitte eſt fait pour être traduit, non ſeulement en anglois, mais dans toutes les langues vivantes, depuis l'italien juſqu'à l'arabe.

FRÉRON, (Mde.) digne ſœur

de M. l'abbé Royou. C'eſt elle qui fournit en partie les meilleurs extraits de l'*année littéraire* ; éloge court ſans doute, mais que les connoiſſeurs ſauront apprécier.

FRIQUET, (Mlle.) Peintre en éventails, donne beaucoup auſſi dans l'Enigme. Nous conjurons mademoiſelle Friquet de continuer à peindre en éventails.

G.

GAUDET & GERVAIS. (Mlles.) Ces deux muſes ont monté leurs lyres ſur le vieux ton gaulois, & s'évertuent dans la Romance, où elles obtiennent des ſuccès égaux. Voyez les *Etrennes lyriques* & autres *Journaux* de cette force.

GAUTHIER. (Mlle.) Une petite chanſon que nous avons déterrée ſur les boulevarts du Temple, nous a convaincus de l'exiſtence de cette Muſe. C'eſt une imitation des *Adieux* de Voltaire, mais bien autrement tournée que l'original : elle eſt intitulée, *Le bon jour d'un jeune homme qui entre dans le monde.* Qu'on juge du reſte par le premier couplet :

« Fi d'un mauſſade & ſot amant
» Qui jure d'aimer conſtamment ;
» J'abjure ſa folie.
» *Vive d'être comme le vent !*
» Je veux changer d'objet ſouvent.
» *Bon jour*, la Compagnie ».

Voilà ce qu'on peut appeler de la poéſie ſans enflure.

GILLIER d'Ervy-le-Chaſtel. (Mlle.) Voy. madame de Trignolles.

GOUGELET (Mde.) a mérité les éloges de toutes les perſonnes inſtruites, par ſon *Abrégé de l'Hiſtoire ſainte, romaine, de France, & de la Fable*; recueil immenſe qui a dû coûter bien des ſueurs & des veilles à ſon Auteur. Nous avons appris indirectement que la ſanté de Madame en avoit été dérangée, ce qui nous paroît aſſez croyable. On ne dira pas cependant qu'elle ait travaillé par intérêt, puiſqu'avec une livre & dix ſous on peut ſe procurer ce double, ce trible, ce quadruple *abrégé*.

GOUGES, (Mde. de) Auteur dramatique, a fait, entre autres ouvrages, l'*Homme généreux*, & le

Mariage inattendu de Chérubin. Ces deux pièces n'ont point été jouées. On prétend que l'Auteur a commencé par les faire imprimer, pour prévenir la trop grande ſenſation qu'elles auroient pu faire à la repréſentation. D'ailleurs les acteurs jouent quelquefois ſi mal, qu'ils vous empêchent de ſentir toutes les beautés d'un ouvrage. C'eſt peut-être encore là ce qui a fait prendre à Madame un parti bien cruel pour le théâtre & pour les amateurs. Il eſt probable qu'elle ne tardera pas à les en dédommager. Nous l'en conjurons, de notre côté, au nom de ſon extrême facilité, qui eſt ſi grande, qu'elle parie *faire un drame en vingt-quatre heures, ſur quelque ſujet qu'on lui propoſe.* De mauvais plaiſans ont dit, il eſt vrai, que *c'étoit encore trop.* Nous nous garderons bien de les en croire; nous aimons mieux nous en rapporter aux Auteurs du Mercure de France. On ſait combien ces Meſſieurs ſont ſévères, & combien il faut qu'un ouvrage ſoit parfait pour mériter leurs éloges. Or liſez le Mercure à l'article de *Gouges*, & vous verrez quelle eſt celle qu'on oſe déchirer de la ſorte (1).

Granfand la jeune. (Mlle. de) Nous nous préparions déjà à lui faire les plus ſanglans reproches

---

(1) On nous a aſſurés que madame de Gouges eſt auſſi l'Auteur de la *Fameuſe lettre au peuple*, ou *Projet d'une caiſſe patriotique*. Grands Dieux! quelle femme!....

d'en être encore à l'Enigme, lorſque nous avons appris qu'elle s'étoit abonnée avec M. *Panckoucke* pour cette partie. Il eſt bien juſte que Mademoiſelle rempliſſe ſes engagemens.

GUIBERT, (Mde. de) ennuyée de voir que la *Coquette* de la NOUE n'en corrigeoit aucune, prit la choſe au tragique, il y a quelques années, & tira de ſa tête une tragédie ſuperbe, en ..... un acte & en vers, qui porte le même nom que la comédie. On aſſure que madame de *Guibert*, armée de cette pièce, auroit opéré la plus grande révolution en France, & auroit fait diſparoître toutes les Coquettes poſſibles en auſſi peu de temps que Molière foudroya les précieuſes ridicules de ſon ſiècle.

Malheureuſement

Malheureuſement la leçon étoit trop forte. Les Coquettes de bonne volonté, qui s'étoient rendues au ſpectacle pour en profiter, tombèrent toutes en ſyncope : ce qui troubla d'abord le jeu des acteurs. D'un autre côté, les Amans qui fourmilloient au parterre, prévoyant bien que s'ils n'étouffoient dès ſa naiſſance, ce chef-d'œuvre nouveau, ils ſeroient bientôt chaſſés de leurs domaines, tirèrent leurs ſifflets, & en deux tours de main, voilà la nouveauté proſcrite. Elle eſt donc paſſée du théâtre françois ſur les théâtres de ſociété, où quelques converſions clandeſtines conſolent un peu l'Auteur de l'injuſtice & de l'endurciſſement du public.

Voyez l'Almanach des ſpectacles.

G** de Marseille. (Mlle.) C'est le Chantre ingénieux des V*** Malgré la fortune brillante de ce petit poëme, malgré les éloges donnés au bon goût de l'Auteur, nous étions déterminés à lui fermer l'entrée de notre journal ; & la raison, c'est que nous ne voulions pas offrir d'Enigme aux lecteurs : mais on nous a représenté que la première lettre du nom suffisoit, & que tout le monde devineroit aisément le nom du héros que mademoiselle G** a voulu célébrer,

H.

HAMEL (Mlle. du) est aussi pour quelque chose dans l'*Almanach des Spectacles.* Nous croyons apprendre une nouvelle à nos lecteurs, en leur disant qu'on l'y gratifie d'un divertissement en un acte, mêlé d'ariettes, & joué, en 1763, sous le titre d'*Agnès*.

HOUZARD. (Mlle. Victoire) Une petite chanson, intitulée *Ça ne se fait pas*, pleine de gaîté & de saillies, l'a placée tout d'un coup sur le Pinde, entre Piron & Collet.

J.

JAVOTTE, la *Ravaudeuse*, (Mlle.) vient de donner au public une édition de ses poésies, sous ce titre: *Chiffons, ou Mélanges de raison & de folie*. Nous avons fouillé avec grand plaisir dans les chiffons de mademoiselle *Javotte*; nous les avons secoués de notre mieux, &

nous y avons trouvé ce vers admirable.

Vit-on jamais *gâchis* pareil à celui-là ?

Lecteurs, avons-nous perdu notre peine ?

Julien (Mlle.) est connue par une *Histoire des Dieux*, ou *Histoire poétique*, ouvrage qui a mis dans tout son jour l'érudition de Mademoiselle. Les collèges l'ont adopté à la place du *Dictionnaire de la Fable*, par M. *Chompré*.

K.

Kéralio, (Mlle. de) fameuse Historiographe de Sa Majesté protestante Elisabeth, Reine d'Angleterre. Il manquoit à la gloire de cette Princesse d'être célébrée d'une manière digne de ſes grandes qualités, par une perſonne qui fût, comme elle, l'honneur & l'ornement de ſon ſexe. Heureuſe juſques après ſa mort, elle a trouvé cet avantage ineſtimable dans mademoiſelle de *Kéralio*. Un monument ſi précieux de ce Phénix des Hiſtoriens femelles ne pouvoit manquer de faire fortune. Auſſi tout le monde a-t-il voulu acheter l'hiſtoire d'Eliſabeth; & il n'y a pas un Epicier dans Paris qui ne s'en ſoit procuré, ſous main, quelques exemplaires. Admirez cependant l'injuſtice! On a dit (que ne dit pas l'envie?), on a dit qu'en écrivant la vie de cette Princeſſe ſchiſmatique, mademoiſelle de *Kéralio* avoit fait ſchiſme avec le bon goût. Mais nous la garantiſſons très-orthodoxe ſur ce point. Après tout, Mademoiſelle peut aiſément ſe conſoler. Eſt-il rien ſur quoi la critique aux dents d'acier ne trouve priſe ? N'a-t-elle pas oſé attaquer juſqu'au *Guſtave* & au *Timoléon* de M. de la Harpe ? Et Dieu ſait cependant s'il eſt poſſible d'entamer ces deux ouvrages. Mademoiſelle de *Kéralio* a eu le ſort des grands Hommes. Si elle étoit encore aſſez peu philoſophe pour s'affecter de la critique, nous lui conſeillerions amicalement de dire de ſon Hiſtoire ce que dit *Petit Jean* de ſa concluſion :

On l'entend bien toujours ; qui voudra mordre, y morde.

L.

Laisse. (Mde. de) De nouveaux genres de proverbes dramatiques, mêlés de chants, de nouveaux Contes moraux, & un ouvrage sans titre, dédié à la Reine, le tout formant environ vingt volumes, feront passer le nom de cette Dame jusqu'à la postérité la plus reculée. Par un raffinement de critique inconcevable, le Rédacteur du Mercure, en rendant compte des Œuvres de madame de *Laisse*, disoit que son sexe sollicitoit l'indulgence. Bon Journaliste, nous le savons aussi bien que vous; mais n'étoit-ce pas une méchanceté visible de votre part de rappeler cette maxime en faveur de madame de *Laisse*?

LAUGIER de Grand-Champ, (Mde.) après avoir rendu immortel le nom de *Gaudin*, illuſtre encore tous les jours celui de M. *Laugier*, ſon époux. Témoins les couplets aimables qu'elle a adreſſés à une jeune mariée. Nous n'en citerons qu'un par curioſité:

« Que je plains l'inſenſible cœur
» Qui dans l'hymen voit l'eſclavage!
» Ah! n'adopte point cette erreur;
» L'hymen doit faire ton bonheur:
» J'en ai pour garans ta candeur
» *Et la fraîcheur de ton viſage* ».

Ah! ce dernier garant eſt sûr. Nous avouerons cependant que nous ne nous attendions pas à cette chûte. Tel eſt l'effet des belles choſes. Ce vers nous a frappés au point que nous ne l'oublierons jamais.

Et la fraîcheur de ton visage.

Lille. (Mde. de) Feu M. Palissot a dit quelque part que Thomas Corneille fut vilipendé pour avoir voulu changer son nom en celui de Delile. Certes, une pareille avanie ne lui seroit pas arrivée dans notre siècle, où ce beau nom est devenu pour le moins aussi fameux que celui de Corneille.

Le lecteur nous permettra de classer ici tous ceux qui l'ont illustré & qui l'illustrent encore chaque jour.

Lille, (M. de) Traducteur des Géorgiques de Virgile, qu'on ne lit plus qu'en vers françois ; Auteur du *Poëme des jardins*, &c.

Lisle, (M. de) (ç'en eſt un autre) qui a éclairé la nature du flambeau de ſa philoſophie.

Lille, (M. l'abbé de) encore un autre, qui, par ſes vers mis au bas du portrait de M. de Buffon, a donné à ce grand Homme un brevet pour l'immortalité, qu'il n'auroit pu obtenir par ſes ouvrages.

Enfin madame de Lille, qui fait des bouts rimés tels que Corneille n'en auroit jamais pu faire. Cet éloge n'eſt point outré ; on en ſera convaincu par les vers ſuivans :

Quand de notre clocher je découvre la
Flèche ;

Pour faire un Marguillier quand je vais au
SCRUTIN,
Plus fortuné que ceux qui roulent en
CALÈCHE,
Le reste des mortels est pour moi du
FRETIN, &c.

Quel bonheur de voir la flèche de son clocher ! L'inestimable félicité que d'aller au scrutin pour faire un Marguillier ! Est-il étonnant que madame de *Lille* soit alors plus *fortunée* que ceux qui *roulent en calèche*, & que le reste des mortels ne soit pour elle que du *fretin*? Quelle justesse, quelle philosophie dans ces pensées ! Faut-il, hélas ! que ce ne soient là que des bouts rimés, & que Madame n'ait pas la gloire d'avoir fait ces vers en entier !

Voyez le Mercure du 14 juin 1788.

Loquet (Mlle.) édifie tout le monde par ses productions. Voyez sur-tout *Cruzamante*, ou l'*Amante de la Sainte-Croix*. C'est en conscience un chef-d'œuvre d'imagination & de piété. Il est fâcheux pour Mademoiselle que le siècle soit si perverti. Son livre étoit capable de faire la plus brillante fortune; car

Omne tulit punctum.

Lorme. (Mad. de)

« Au Théâtre françois, la *Rup-*
» *ture*, ou le *Mal-Entendu*, comé-
» die, 1776; la *Jeune Sibylle*, ou
» le *Triomphe de Mars & de l'Amour*,
» 1770 ».

Extrait des registres du Théâtre françois.

M.

Malarme. (*Mde.*) Plus de cinquante volumes de Romans, parmi lesquels on distingue *Richard Bodley* & l'histoire de *Love-Rose*, ont fait comparer cet Auteur, pour la fécondité, à l'abbé *Prévost* & à madame de *Genlis*. Mais par une fatalité attachée quelquefois aux plus grands noms, madame *Malarme* n'est pas, à beaucoup près, aussi connue qu'elle le mérite. On est même venu se plaindre à nous que ses ouvrages ne se trouvoient nulle part. Nous ne savons à quoi attribuer cette disparition. Ce qu'il y a de certain, c'est qu'ils ont existé. Si quelqu'un pouvoit en douter, il s'en convaincra en lisant le Mercure; à telle enseigne, qu'en rendant compte d'un des mille ouvrages de cet Auteur, le Rédacteur minutieux lui reprochoit des vétilles auxquelles on ne devroit faire aucune attention : par exemple, d'écrire l'*honte* pour *la honte*, l'*hauteur* pour *la hauteur*, *ſon hideuſe figure* pour *ſa hideuſe*, &c. Nous demandons un peu s'il eſt poſſible que, dans la chaleur de la compoſition, les grands génies prennent garde à ces taches légères. Pour les découvrir, il faut avoir les yeux de l'envie, ou le microſcope d'un Journaliſte.

Malerme, (Mlle.) muſe *Bruxelloiſe*, s'exerce avec ſuccès dans le Logogryphe. Nous dirons cependant qu'il lui reſte encore beaucoup à travailler avant de pouvoir marcher de pair avec mademoiſelle la *Savette.*

Au riſque de bleſſer leur modeſtie, nous en dirons autant à mademoiſelle Adélaïde de *Montluçon*, ainſi qu'à madame la Comteſſe de *Saint-Maximin de Montclair.* Si celle-ci veut ſe faire une réputation ſolide dans ce genre, nous l'exhortons à mettre moins de richeſſe dans ſes rimes, & à ne pas faire rimer, par exemple, *lettre* avec *connoître*, &c.

MASSON-LE-GOLF (Mlle. le) n'eſt guère connue que de ceux qui donnent dans les hautes ſciences. Sa *Balance de la nature* a, dit-on, beaucoup ſervi à M. de la *Salle*, auteur de la *Balance naturelle*, qui vient de paroître. On aſſure que l'affaire aura des ſuites, & que Mademoiſelle va citer au premier moment ſon compilateur en juſtice.

Ciel ! détournez les coups que ce grand jour prépare.

MAUGONNET (Mlle.) s'eſt élevée des autels dans le cœur de toutes les mères de famille & des Maîtreſſes de penſion, en compoſant des *inſtructions pour les jeunes Demoiſelles*. Son livre a pénétré juſques dans les couvens; & il faut convenir qu'il en eſt bien digne.

MÉRARD DE SAINT-JUST (Mde.) s'amuſe à aiguiſer l'Epigramme & à confeſſer M. le Marquis de la *Salle*, tandis que ſon époux compoſe des diſtiques. Si l'on trouve le titre de Confeſſeur un peu extraordinaiae pour une femme, on ſaura, pour plus grande clarté, que M. le Marquis, ayant envoyé un Vendredi-Saint ſa confeſſion générale, en vers, à madame *Mérard*, s'accuſoit, entre autres peccadilles, d'avoir fait la comédie de l'*Officieux*. Cette Dame lui rima une réponſe, où elle repréſente au Pénitent que la faute eſt conſidérable & preſque irrémiſſible. Nous avons trouvé ce caſuiſte un peu trop rigide. A ſa place, nous aurions donné ſans difficulté l'abſolution à M. de la *Salle*, à condition qu'il ne pécheroit plus.

MOILLET. (Mlle. Conſtance) On a vu des Ecrivains ramer comme Corſaires pendant tout le cours d'une longue vie, pour allier la réputation d'hommes d'esprit, à la réputation d'hommes de probité, & finir par n'en mériter aucune, ou du moins n'obtenir l'une qu'aux dépens de l'autre. Plus fortunée qu'eux, mademoiselle Constance *Moillet* a su se les approprier toutes les deux sans qu'il lui en ait coûté plus d'un quatrain. Tant il est avantageux de ne pas laisser échapper les bonnes occasions ! Il s'agissoit de savoir « quelle est la position la plus affligeante pour une femme, d'aimer » tendrement un époux qui n'a » pour elle que de l'aversion, ou » d'être tendrement aimée d'un » mari q'elle n'aime pas » ? Voici la manière satisfaisante en tout sens dont Mademoiselle a résolu ce problème :

» Adorer un époux sans espoir qu'il nous
» aime,
» C'est sans doute un destin affreux.
» Pourtant je pense qu'il vaut mieux
» Faire un ingrat que de l'être soi-même ».

Cet aveu sincère à la main, mademoiselle Constance *Moillet* n'aura pas manqué sans doute de trouver un époux. Puisse-t-il être digne d'elle ! Puissions-nous nous-mêmes trouver chacun une moitié qui ait des sentimens aussi délicats. C'est la seule chose qui nous reste à désirer, après le succès de notre Journal.

MONNET (Mde.) s'est fait des ennemis de tous les Libraires qui avoient encore quelques exemplaires des *Lettres persannes* dans leur boutique, en publiant ses *Lettres de Jenni-Bleinmore à Caleb.* Celles-ci ont maintenant toute la vogue dont jouissoient les premières, qu'on ne lit plus. Madame a su mettre dans les siennes une chaleur, une tendresse, une délicatesse de sentimens qui vous enchantent : c'est le style de Montesquieu, mais le style de Montesquieu revêtu des grâces de celui de madame *Monnet.* Ce qui rehausse encore à nos yeux la gloire de cet Auteur ; ce qui nous a fait, s'il est possible, encore plus de plaisir que ses Lettres, c'est sa modestie. Croiroit-on, si l'on n'en avoit la preuve, que madame *Monnet* ait pu douter un instant de la bonté de son ouvrage ? C'est pourtant ce qui eſt arrivé. Elle n'a voulu donner ſes Lettes qu'après les avoir conſignées, les unes après les autres, dans le Mercure de France. Telle eſt ordinairement la trempe des grands génies. Eux ſeuls ignorent leur mérite ; & tandis qu'on les comble d'éloges, ils ſe reprochent encore de n'avoir pas mieux fait.

MONTENCLOS (Mde. de) a donné, en 1783, au Théâtre françois, le *Déjeuner interrompu*, comédie en deux actes & en proſe. Cette pièce n'a pas eu un ſuccès bien marqué : à peine même ſe rappelle-t-on du nom ; mais ce n'eſt qu'un coup d'eſſai.

Madame de Montenclos va bientôt fixer l'attention & l'admiration du public, en faiſant repréſenter, coup ſur coup, le *Dîner*, le *Goûter*, & le *Souper interrompus*.

MOREAU DE ROANE, (Mlle.) à peine âgée de quinze ans, lâcha dans le Mercure une Charade qui, déconcerta les têtes les plus fortes. Tant il eſt vrai que

. . . . . Pour les ames bien nées,
La rime n'attend point le nombre des années.

MORTEMART (Mde. de) a fait ſes preuves d'érudition, en donnant les *Amuſemens du jour*, ou *Recueil de petits contes*, dédiés à la Reine. Le nom de l'Auteur & l'Epître dédicatoire de ſon livre en font aſſez l'éloge. Tout ce que nous en pourrions dire ſeroit bien au deſſous de ſon mérite. Nous garderons donc ſur cette production un ſilence reſpectueux ; mais il nous eſt impoſſible de nous refuſer au plaiſir de citer de cette Dame une petite pièce, qui donnera une idée de ſon talent poétique. La voici ; c'eſt une Enigme.

« Auſſi commun que je ſuis néceſſaire,
» Tu ſerois, cher—lecteur, trop malheu-
» reux
» Si je manquois à tes repas, aux jeux.
» Plus de plaiſirs & point de bonne chère.
» Bien que de mo—i l'on ſe faſſe fête,
» L'on me craint, &—c'eſt pour bonne
» raiſon.
» Je fais rava—ge dans l'occaſion ;
» Et tout eſt per—du ſi l'on ne m'arrête.
» Puis dans un ſens à l'autre tout contraire,
» En m'employant, je puis très-bien aider
» Tout orateur à te perſuader ;
» Et tout Poët (e) ſans moi ne ſauroit
» plaire ».

(*Feu.*)

Nous nous flattons que voilà des vers comme on n'en voit pas ſouvent. Auſſi eſpérons-nous que le public nous ſaura gré de la nouveauté. Madame de Mortemart, comme on en peut juger, n'eſt point de ces Verſificateurs timides que la meſure embarraſſe : elle ſait prendre l'eſſor & négliger ces minuties.

N.

NOAILLES, (Mde. la Marquiſe de) *dans ſa terre de Morfontaine, près Marle, au diocèſe de Laon.* On ne peut donner des renſeignemens plus exacts. Grâces à cette Dame, ſi l'on ne trouve pas ſes Enigmes, on trouvera du moins l'Auteur.

ORMOI

O.

ORMOI (Mde. la Préſidente d') eſt l'auteur du *Lama amoureux*, conte en proſe. Les ſentimens ſont très-partagés ſur cette production. Il y a des perſonnes qui prétendent qu'elle l'emporte ſur *Zadig* & *Candide* ; d'autres, qu'elle l'égale ; d'autres enfin, qu'elle n'en approche point du tout. Eſt-ce admiration outrée pour Voltaire ? Eſt-ce prévention contre madame la Préſidente ? C'eſt ſur quoi nous avouons notre ignorance.

Non licet inter nos tantas componere lites.

P.

PARENT (Mde.) nous a fait

part, l'année dernière, du *Printemps d'une jolie femme*, deux pages in-12. Les trois autres ſaiſons paroîtront ſucceſſivement. En attendant, nous dirons que cette jolie femme nous a paru très-précoce. Dès ſon printemps, elle reſſent toutes les chaleurs de l'été. Que ſera-ce donc quand elle peindra les feux de ſa canicule?

PARIGOT (Mde.) a enrichi la littérature d'un drame en trois actes & en proſe, intitulé le *Comte de Waſtan*, ou l'*Amitié trahie*. Il en eſt de cette admirable pièce, comme de la *Brouette du Vinaigrier*, de M. Mercier; il faut à chaque moment en interrompre la lecture, pour donner un paſſage libre à ſes ſanglots & à ſes larmes.

PAULIVA DE NOUGET, (Mlle.) laiſſant là le genre aimable, mais un peu futile, de l'Acroſtiche & de l'Enigme, a voué ſes talens à l'amuſement des Dames religieuſes & Sœurs de Communautés, pour leſquelles elle a compoſé un millier de Cantiques. La beauté de ſa poéſie répond parfaitement à la probité de ſes intentions.

PERROCHE DE COMPANS (Mlle.) eſt née, ſelon nous, pour la Romance. Voyez les *Regrets d'Eliſabeth*, pièce qui ſe trouve par-tout, & dans laquelle Mademoiſelle a déployé tant de talens, *qu'elle laiſſe de bien loin ſon Marot après elle.*

PRINCE DE BEAUMONT (Mde. le) eſt déjà très-avancée dans la littérature. Nous ne désespérons pas de la voir un jour égaler, & peut-être même surpasser madame *Elie de Beaumont.*

Plessis (Mde. la Baronne du) a fait la plus belle collection que l'on puisse imaginer : elle est intitulée, *Répertoire des lectures faites au Musée des Dames.* C'est là que se peint dans toute son étendue le génie de notre Héroïne ; c'est là que les yeux du lecteur pourront contempler sa gloire, si toutefois ils n'en sont pas éblouis ; ce dont nous ne voulons pas répondre.

Potelle (Mde. de) est inimitable dans l'Enigme, quoiqu'elle ne s'y livre qu'en passant & pour se délasser des soins du ménage.

Poulain de Nogent (Mde.) a recueilli complètement ses poésies, noyées jusqu'ici dans nos journaux. Tout ce qui peut piquer la curiosité des lecteurs, se trouve réuni dans les Œuvres de madame Poulain. Pour en avoir une idée, il ne faut que lire une Epigramme de sa façon, intitulée le *Phénix*. C'est vraiment le Phénix des Epigrammes, quoiqu'on y ait trouvé un peu trop de sel.

« Un ami véritable
» Est un riche trésor ;
» Il est plus désirable
» Que des millions d'or.
» Mais ce bien délectable,
» *Hélas ! hélas ! est rare encore.*

R.

Rainaud (Mlle.) a fait d'un ſeul coup de pinceau un portrait achevé de Mademoiſelle ***. Deux vers lui ont ſuffi pour peindre le moral & le phyſique.

» Son ſein de lis (dit-elle) eſt le trône
des Grâces,
» Et ſon cœur, celui des Vertus ».

Combien d'éloges emphatiques & diffus ne diroient pas tant !

Raucour, (Mlle.) Actrice des *François*, a, dit-on, enrichi ce Théâtre d'une pièce & d'une préface très-violentes. Nous aurions la plus grande obligation à l'Auteur, s'il lui plaiſoit de nous en procurer ſeulement un miſérable exemplaire ; car toutes nos recherches ont été inutiles à ce sujet.

RICCOBONI. (Mde. de) « Malheur (disoit Horace) à celui » qui peut révéler les mystères de » Cérès ! » Malheur, disons-nous nous-mêmes, à celui qui ignore & le nom & les ouvrages de cette Doyenne de la littérature !

ROSSI, (Mde. de) indignée de voir que les Grands, rassasiés d'éloges pendant leur vie, aient encore le privilège exclusif d'être loués après leur mort, tandis que la bonté, l'humanité, la bienfaisance, en un mot, toutes les vertus d'un simple particulier semblent mourir avec lui, ou du moins n'existent que dans la mémoire de quelques personnes qui ont pu les envisager de plus près, a frondé cette coutume injurieuse, en composant l'oraison funèbre de *son Amie*. Bien que cet éloge n'ait pas été prononcé en chaire, on y trouve cependant de très-belles choses. Il y a des morceaux qui feroient honneur à Bossuet lui-même. Ce qui en rehausse encore le mérite, c'est la diversité qui y règne. Persuadée que rien n'ennuie plus l'auditeur & le lecteur que la monotomie & la trop grande uniformité du sujet, madame de *Rossi* a su varier les couleurs de son tableau. Tantôt elle nous fait le portrait d'une coquette tout occupée du désir de plaire ; tantôt celui d'une prude, qui n'a de la vertu que les dehors. Ici, l'on voit un bel esprit qui ne cherche qu'à briller & à [illegible]ler ses [illegible] là, on entend un grand parleur, qui parle beaucoup pour ne rien dire. C'est sans doute d'après ce modèle que M. l'abbé *Fauchet*, le *Massillon* de nos jours, a su encadrer de très-jolies églogues dans l'oraison funèbre de l'Archevêque de *Bourges*.

Roudier (Mde. Sophie) a adressé des couplets sublimes à M. *François*, Peintre, qui lui avoit promis son portrait. Comme ils ne sont pas encore aussi connus qu'ils le méritent, nous allons les transcrire ici. On assure que les amateurs de la haute littérature y ont admiré le goût réuni à la raison. Cependant (nous en faisons l'humiliant aveu) jamais nous n'en avons pu approfondir le sens mystérieux. C'eſt une Epître énigmatique que nous propoſons à nos lecteurs. Plaiſe au ciel qu'ils viennent tous à bout de la deviner ! Attention ; nous commençons :

J'ai vu le goût & la raiſon
Unir, pour faire une couronne,
Aux *fleurs* que chérit Cupidon,
Frais lauriers, non ceux de Bellone,
Mais ceux dont décore Apollon
Celui qui chante avec *ſimpleſſe* (1)
Ses Dieux, ſon Prince, & ſa Ninon.

Pour qui, dis-je aux Divinités,
Cette couronne triomphante ? —
C'eſt pour François. — Ciel ! écoutez :
Ah ! daignez remplir mon attente ;
Il a des droits ſur vos cœurs.
Raiſon, il vous fit ſi jolie !

---

(1) Nouveau mot, dont la langue eſt redevable à madame Roudier.

A tous deux prêtant ses couleurs,
Son pinceau vous rendit la vie.

Fiat lux.

RUPÉRY (Mlle. Julie de) n'a fait qu'une Fable, du moins nous n'en connoissons qu'une; mais c'est assez pour lui mériter une place dans notre Almanach, & conséquemment pour la rendre immortelle.

ROZET. (Mde.) Voyez madame *Falconnet*.

S.

SAINT-LÉGER (Mlle. de) est Poëte & Auteur comique. Nous avons d'elle de petits & de grands vers, pleins de sentiment; entre autres, une longue Epître à sa *chère mère*, qui reſpire, d'un bout à l'autre, l'amour le plus filial. *Item*, elle a donné aux *Variétés* les *Deux Sœurs*, comédie dont l'intrigue eſt forte & bien conçue. Il eſt vrai qu'elle eſt écrite en proſe, mais en proſe ſi harmonieuſe, qu'on la prendroit volontiers pour de la poéſie véritable. Auſſi M. *Lemière* (qui s'y entend) a-t-il adreſſé une Epître à Mademoiſelle, dans laquelle il lui dit, « qu'en » faiſant la comédie des *Deux Sœurs*, » elle a prouvé net & clair qu'elle » connoiſſoit les neuf ».

SAURIN. (Mde.) Perſonne n'ignore ſes fameux couplets, intitulés les *Conſeils*. Jamais Sapho n'a mieux penſé ni mieux écrit. C'eſt le ſtyle de Chaulieu, ſans ſes négligences.

* SAVETTE (Mlle. la) entend parfaitement l'art du Logogryphe. M. *Triangle* est, à notre avis, le seul qui puisse lui disputer la palme dans ce genre aussi pénible qu'aimable.

SILLERY, (Mde. la Marquise de) ci-devant Comtesse de Genlis, & de plus *Bonne*, ou, comme l'on dit, *Gouvernante* des enfans de S. A. S. Mgr. le Duc d'Orléans, est bien la plus savante femme des femmes savantes passées, présentes, & probablement à venir : ses Œuvres, qui se montent déjà à plus de soixante & dix volumes, en font foi. Des personnes jalouses de la réputation & de la fortune de madame la Marquise, ont voulu persuader au public qu'elle n'étoit point la mère, mais ſeulement la marraine des chef-d'œuvres innombrables qui courent ſous ſon nom : elles en attribuent une partie à M. de la *Harpe*, & l'autre à M. *Gaillard*, tous deux de l'Académie Françoiſe. Peut-on pouſſer plus loin la médiſance ? Nous nous garderons bien d'appuyer ces bruits injurieux. Nous dirons au contraire qu'il nous eſt tombé entre les mains une lettre de madame de *Sillery*, écrite & ſignée par elle-même, où nous avons retrouvé entièrement le ſtyle de ſes autres ouvrages, à quelques fautes près de langage & d'orthographe, aſſez communes aux femmes auteurs, mais qu'on eſt dans l'uſage de leur paſſer.

T.

Trébonas. (Mde. la Comtesse de) Une Charade en douze vers est la pièce authentique avec laquelle nous confondrons tout mortel téméraire qui osera nous nier l'existence de cette Muse.

Trignolles, (Mde. de) à *Cusset*, a choisi le genre énigmatique, ainsi que mademoiselle Marianne de *Boisgibert* & mademoiselle *Gillier* d'*Ervy-le-Chastel*. Nous ne savons à laquelle de ces trois Déesses rivales donner la pomme. Nous croyons cependant avoir remarqué des progrès plus sensibles dans mademoiselle *Gillier*. Toutefois, comme nous ne sommes pas infaillibles, nous sommes prêts à nous rétracter, dès qu'on nous aura démontré la fausseté de notre jugement.

V.

VALINCOURT (Mde. de) n'a pu apprendre la mort généreuse du Prince de Brunswick, sans être pénétrée d'admiration. Aussi-tôt elle a embouché la trompette héroïque, & en a tiré des sons si *mâles* & si nerveux, que toute la ligue des Poëtes brunswickois a tremblé & s'est tue devant elle. Ce n'est pas tout ; l'Auteur, pour se prêter aux désirs de ceux qui seroient curieux de se procurer son ouvrage, a fait mettre son adresse sur le frontispice. Madame demeure donc *rue de la Grande Truanderie, numéro 31*, Voilà pour le coup une

Muſe bien logée. *Rue de la Grande Truanderie!* Qui auroit jamais cru que le Parnaſſe fût placé là ? *O tempora! ô mores!*

VARDON. (Mlle. de) Quelques perſonnes trouvent le nom de cet auteur un peu trop dur à prononcer. Elles n'oſeroient en dire autant de ſes vers, qui ſont la douceur même. Nous n'en donnerons pour preuve que ſon Ode de la *Parfaite indifférence*, imitée de *Métaſtaſe*; Ode qui, ſoit dit en paſſant, n'a pas été jugée inférieure à ſon modèle. Si l'on avoit quelque choſe à reprocher à mademoiſelle *Vardon*, ce ſeroit le choix de ſon ſujet; car ce n'eſt point aux Grâces à chanter l'indifférence.

VASSÉ (Mde. la Baronne de)

s'eſt fait la réputation la plus brillante par l'édition des *Dangers de la jeuneſſe*, un des mille & un Romans traduits de l'anglois, & par conſéquent au deſſus de nos éloges.

VERDIER (Mde.) eſt admirée par-tout où ſe lit l'*Almanach des Muſes*. Elle y a enregiſtré, l'an de grace 1787, des Stances, & une Epître ſur les agrémens de la campagne, qui ont fait oublier tout ce que Racan & Segrais ont écrit de mieux ſur ce ſujet. M. de Florian ne les déſavoueroit pas. Un Poëte, émerveillé des talens de madame *Verdier*, a fait ainſi ſon portrait :

Tendre Emule de Théocrite,

Qui lui légua des chalumeaux (1);
Tout rend hommage à ſon mérite,
Son ſexe, & même ſes rivaux.

Nous nous joignons ici à la foule de ſes admirateurs, quoique nous ne ſoyons ni de ſon ſexe, ni de ſes rivaux.

VILLEFRANC (Mde. de) nous a donné l'hiſtoire de ſa vie ſous ce titre modeſte : *Les Foibleſſes d'une jolie femme.* Si la vérité a préſidé à ces mémoires, on peut dire qu'ils honorent infiniment & la plume & les mœurs de l'Auteur. On y admire ſur-tout la manière ingénieuſe dont madame de *Ville-*

(1) La ſucceſſion vient de loin. *Note du Libraire,*

frant, avec cinq ou ſix Dames de ſon mérite, punit l'indiſcrétion d'un certain Chevalier. L'hiſtoire d'un *Abbé périgourdin*, qu'elle fait jeter par les fenêtres pour prix de ſon audace & de ſes noirceurs, n'eſt pas moins attachante. Cependant, au milieu des juſtes éloges que nous lui donnons ici, nous ne pouvons nous empêcher de la blâmer d'avoir un peu trop négligé la partie typographique de ſon ouvrage. Les plus grands chef-d'œuvres en ont beſoin dans le ſiècle où nous vivons; & ce n'eſt pas ordinairement à la *Bibliothéque bleue* qu'on va les chercher, bien qu'on y trouve la *Henriade*, les *Contes moraux* de M. de *Marmontel*, avec les *Foibleſſes d'une jolie femme*.

VIOLAINES (Mde. la Comtesse de) a rimé une Epître charmante à M. son fils, dans laquelle on aime à voir réunies & la tendresse d'une mère, & la science d'une Bohémienne. Après avoir remercié ce cher enfant de lui avoir procuré ce titre dont toute femme doit s'honorer, elle lui prédit qu'il se distinguera un jour par son amour pour son Roi. La raison solide qu'elle en apporte, c'est qu'il a une fleur de lis empreinte au dessus de l'œil. Heureuses trois fois les personnes qui savent faire un si bel usage de la poésie !

VAUTHIER (Mlle.) a soin, pour varier, de diviser ses charades en couplets; ce qui rend ces petites pièces très-piquantes. Tout le monde veut les avoir, & c'est à qui les chantera à table.

PRÉDICTIONS

POUR

L'ANNÉE 1789.

NOUS avertissons nos lecteurs, qu'en faisant ces prédictions, nous n'avons point consulté les Cieux, & cela pour deux raisons. D'abord, c'est que nous avons cru qu'il y avoit très-peu de rapport entre le cours des astres & les choses que nous annonçons. En second lieu, nous avons mieux aimé qu'on s'en prît à nous-mêmes, plutôt qu'aux étoiles, s'il arrivoit par hasard que nous nous fussions trompés.

PRÉDICTIONS

PRÉDICTIONS.

Pour le mois de Janvier.

UN nouvel ouvrage de madame la Marquiſe de *Sillery*, ci-devant *Comteſſe de Genlis*, fera encore beaucoup de bruit. Ceux qui ne connoiſſent pas l'heureuſe fécondité de cet illuſtre Auteur, ſeront étonnés de voir paroître tout à coup vingt petits volumes in-8°., contenant des *Remarques hiſtoriques, géographiques, & politiques ſur les Veillées du chateau.* Mais ce n'eſt que le prélude d'un nouveau plan d'éducation dont cette ſage inſtitutrice prépare les matériaux depuis plus de dix ans.

Grand procès entre madame *Malarme* & madame de *Riccoboni*, pour quelques cinquantaines de Romans qu'elles se reprocheront toutes deux d'avoir pillés l'une sur l'autre. Le Parlement, bien embarrassé, renouvellera le jugement de Salomon. Un grand bûcher sera préparé pour y jeter le sujet de ce différent. On reconnoîtra l'Auteur à sa tendresse, à sa sollicitation maternelle; & la cause sera jugée en faveur du Patriarche de la littérature romanesque, c'est-à-dire, madame de *Riccoboni*. Ainsi soit-il.

Pour le mois de Février.

Un nouveau recueil de lettres ſéra tomber entièrement celles de madame de *Sévigné.* Madame la Marquiſe de *Sillery* s'en déclarera modeſtement l'auteur, auſſi bien que d'un *petit Traité ſur l'ortographe;* ce qui ne ſera pas la partie la moins curieuſe de ſes ouvrages.

Mariage très-ſortable entre M. le Chevalier de *Florian* & mademoiſelle *Lévêque.* Que de chef-d'œuvres de ſentiment & de tendreſſe nous allons devoir à cet heureux hyménée !

Madame la Marquiſe de *Saint-Maximin de Montclair* s'élevera du

Logogryphe jufqu'à l'Acroftiche, & n'y paroîtra pas au deffous de fon mérite. Auffi intelligible, auffi élégante, auffi poëte dans un genre que dans l'autre, on admirera l'heureufe fécondité de fes talens *univerfels*.

Pour le mois de Mars.

Madame la Marquife de la *Fer* ** recueillera fes Fables éparfes dans l'*Almanach des Mufes*. Le public, toujours injufte, toujours partial, ne la placera qu'entre *Lafontaine* & *Lamotte*. Mais madame la Marquife, toujours modefte, toujours Philofophe, comme fon illuftre modèle, ne fe vengera de cette injuftice, qu'en tâchant de faire encore mieux, ſi toutefois il eſt poſſible ; car c'eſt ce que nous avons bien de la peine à croire.

Madame de *Mortemard* mettra au jour un nouvel Art poétique, dans lequel, entre autres nouveautés, on ſera étonné de trouver une meſure de vers inconnue juſqu'ici. Les anciens préjugés feront balancer long-temps entre cette Poétique & celle de Boileau. Mais enfin l'on verra triompher la bonne cauſe ; l'avantage reſtera à madame de *Mortemard*. Notre poéſie ſubira une métamorphoſe, & cette métamorphoſe ſera l'ouvrage d'une femme. Quelle gloire pour le beau ſexe, & ſur-tout pour madame de *Mortemard* ! C'eſt de quoi faire oublier juſqu'à ſes Enigmes ; en ſorte que ces charmans ouvrages, qui ſeroient pour tout autre un titre à l'immortalité, n'auront preſque en rien contribué à la ſienne.

Pour le mois d'Avril.

Madame de *Clainville* donnera un démenti formel à tous ceux qui, comme nous, ont cru qu'elle ne rimoit que les jours de pluie, en faiſant paroître une Enigme compoſée un jour de beau temps. Cette Enigme intriguera les têtes les plus habiles, au point que M. *Panckoucke*, qui ſera dans le ſecret, jouira de l'embarras de tout le monde. Alors on reconnoîtra que, ſemblable aux terres d'Egypte, l'eſprit de madame de *Clainville* n'a pas besoin de pluie pour nous donner les plus belles productions.

Deux drames, joués aux *François* dans le courant de ce mois, fourniront un sujet de conversation à toute la capitale ; les coups de théâtre les plus terribles glaceront d'effroi l'ame du spectateur. De qui seront ces deux chef-d'œuvres ? de M. *Mercier*, de M. de *Beaumarchais* ? Non, Messieurs ; ils seront le fruit des délassemens de madame de *Gouges*, pendant deux jours passés à la campagne. *Stupete, gentes !*

Pour le mois de Mai.

Dans ce joli mois, l'on verra paroître un poëme didactique en vingt-quatre chants, ſur la *Rougeole* : la poéſie répondra parfaitement au choix du ſujet. Ce ſera le dernier, &, ſans contredit, le meilleur ouvrage de madame la Baronne de *Bourdic.*

Mademoiſelle *Gillier d'Ervy-le-Chaſtel* ſera éclipſée dans le Mercure de France par un aſtre qui n'y a point encore paru. Cette éclipſe ſera viſible à Paris & dans la Province.

Mademoiſelle *Emilie*, qui eſt

maintenant dans toute la fleur de ſa jeuneſſe, lancera une Epigramme contre les Dames qui mettent du *rouge ;* & cette coutume, ridicule & dégoûtante, ceſſera dès le lendemain même.

Pour le mois de Juin.

Malgré la beauté de la ſaiſon, madame la Marquiſe de *Noailles* quittera ſa terre de *Morfontaine*, près *Marle*, au diocèſe de *Laon*, pour venir jouir de ſa gloire dans la capitale. Nous ne ſavons pas encore bien dans quel endroit de cette ville Madame viendra s'établir ; mais nous eſpérons qu'elle nous donnera des éclairciſſemens au bas de quelque Enigme, dont elle enrichira le Mercure ; car, Dieu merci, madame la Marquiſe a la complaiſance de nous marquer exactement tous les tenans & aboutiſſans de ſa demeure, & nous n'avons rien à lui reprocher ſur cet article.

« Recueil exact & raiſonné de Charades, Enigmes, & Logogryphes qui ont mérité de trouver place dans le Mercure, depuis l'origine de ce Journal intéreſſant, juſqu'à nos jours, avec des notes hiſtoriques & relatives aux auteurs de ces jolies bagatelles ». Tel ſera le titre d'un ouvrage immenſe, plein de profondeur & d'érudition, que donnera au public madame de *Trignolles*, à *Cuſſet*. Cette collection aura pour épigraphe :

» *Quorum ego pars magna fui* ».

Pour le mois de Juillet.

Ce mois méritera de faire époque dans la littérature, par les chef-d'œuvres qu'il verra naître & mourir. Le premier sera un drame en cinq actes & en vers de madame de *Beauharnais*, plus beau, s'il est possible, que la *Fausse inconstance*, & qui n'aura pas moins de succès. Cependant, au milieu des applaudissemens réitérés, on entendra les sifflets de l'envie, toujours acharnée contre le mérite. L'on attribuera encore ce chef-d'œuvre à M. le Chevalier de *Cubières*; mais celui-ci, par un généreux sacrifice, fera inhumer dans le Mercure un éloge funèbre de ce malheureux enfant profcrit dès fa naiffance, & *il rendra à Céfar ce qui appartient à Céfar.*

Un nouveau genre d'éventails, plus commodes que les premiers, fera généralement adopté par nos Dames, & mettra le comble à la gloire de mademoifelle *Friquet.* On admirera fes talens phyfiques & moraux, & les femmes fe féliciteront de pouvoir jouir à la fois, & des éventails de cette Demoifelle, & de la lecture de fes Enigmes, dont elle aura foin de les enjoliver.

Pour le mois d'Août.

Mademoifelle *Aurore* nous donnera un ouvrage qui fera voir qu'elle eft auffi malheureufe en amour, qu'heureuſe en littérature. Ce ſera un recueil de quatre cents élégies, dans chacune deſquelles elle déplorera la trahiſon d'un Amant. Qu'on diſe enſuite que les filles de l'*Opéra* ne ſavent pas aimer!

Mademoiſelle de *Sivry*, dont on nous vante de tous côtés les talens précoces, débutera dans ce mois par une Charade, qui étonnera les plus grands connoiſſeurs. Nous applaudiſſons d'avance à ſa genéreuſe audace, & nous lui diſons, avec Virgile :

» *Macte animo, generoſe puer, ſic itur ad*
» *aſtra* ».

Pour le mois de Septembre.

Une éclipſe inattendue dérobera à nos yeux les chanſons de mademoiſelle *Gauthier.* Cette diſparition ſoudaine donnera lieu à des propos différens. Les uns diront, *tant mieux ;* d'autres, *tant pis ;* d'autres enfin, ni *tant pis*, ni *tant mieux.* Cette éclipſe ne ſera viſible qu'aux boulevarts du *Temple.*

Traducteurs anglois, italiens, allemands, turcs, chinois, arabes, tenez-vous ſur vos gardes. La preſſe gémit. Il va paroître un nouvel ouvrage qui peut faire votre fortune : il eſt de madame la *Fitte.*

Pour le mois d'Octobre.

Nous Rédacteurs associés du *Petit Almanach de nos Grandes Femmes*, savoir faisons à tous *Libraires & Imprimeurs*, tant de la capitale que de la province, qui peuvent avoir encore dans leurs boutiques quelques exemplaires des héroïdes d'Ovide, qu'ils aient à s'en défaire au plutôt, sous peine de se voir obligés de les garder malgré eux. En voici la raison. Parmi les prédictions de notre illustre devancier, le célèbre *Nostradamus*, une sur-tout nous avoit jetés dans le dernier étonnement. Elle annonçoit que l'an 1789, dans le courant du mois d'octobre, les héroïdes d'Ovide, jusqu'alors si recherchées, tomberoient dans un éternel oubli. Après avoir long-temps cherché à découvrir quelle en seroit la cause, notre lorgnette magique nous a fait apercevoir deux volumes d'*héroïdes françoises*, par mademoiselle *Blaireau*, lesquels volumes doivent paroître précisément dans le temps prédit par *Nostradamus*. Nous avons frémi en reconnoissant la pièce coupable. Partagés entre deux sentimens différens, à la vue de cette surprenante catastrophe (car l'orgueil national n'exclut pas en nous toute autre considération), nous avons plaint Ovide :

» *Quamquam ô! . . . . sed superent quibus*
» *hoc, ô fata! dedistis* ».

Pour le mois de Novembre.

Ce mois-ci ne ſera pas très-fertile ; on verra ſeulement paroître trois mille Triolets, autant de Sonnets, de Bouquets, de Charades, d'Enigmes, & de Logogryphes, le tout compoſé par mademoiſelle des *Granges*, qui nous lâchera auſſi un Poëme en douze chants, ſur les *Détracteurs du vrai mérite*, afin de fermer la bouche à ceux qui lui ont reproché de ne pouvoir faire un *ouvrage de longue haleine.*

On a donné de grands éloges à madame *Gougelet*, pour ſon immenſe & profond *Abrégé des Hiſtoires Romaine, Sainte, &c.* On avoit de la peine à comprendre comment une femme avoit pu rassembler dans une petite brochure des connoissances aussi étendues. Combien ne sera-t-on pas plus étonné, lorsqu'on verra paroître un abrégé de la même main, contenant l'histoire générale des Chinois, Cochinchinois, Japonnois, Lapons, & des sujets du grand Tipo-Saïb? Tous ces peuples reconnoissans viendront de leur pays lui apporter le tribut de leur satisfaction, & lui prodigueront à l'envi les honneurs en usage dans leur patrie. Madame *Gougelet* se verra successivement des Académies de Pekin, de Nankin, de Delhi, de Kola, de Siam, &c.

Pour le mois de Décembre.

Une Epiſtole de cinq cents vers, que mademoiſelle de *Courcelles* adreſſera à ſa patrie, excitera des ſentimens bien différens dans l'un & l'autre hémiſphère. L'Amérique pleurera plus que jamais la perte de cet aimable Auteur; tandis que la France ſe réjouira d'une pareille acquiſition.

CONCLUSION.

LECTEURS impartiaux, nous croyons vous avoir mis à portée de juger désormais, en connoissance de cause, ce sexe aimable & charmant, qui, non content de pourvoir à la réproduction des hommes, se charge encore de les éclairer & de les instruire. Vous saurez désormais apprécier le jugement qu'en ont porté des hommes ordinaires, & dont la réputation est, à coup sûr, usurpée : tels que *Fontenelle* & J. J. *Rousseau.* Le premier, qui avoit passé soixante années de sa vie dans la meilleure société & parmi les femmes du plus grand monde, n'a-t-il pas osé dire : *J'ai vu quel-*

ques femmes d'un esprit supérieur aller jusqu'au second raisonnement ; je n'en ai point vu qui allât jusqu'au troisième. J. J. *Rousseau*, qui les a tant aimées, comment s'est-il exprimé sur leur compte ? Ecoutez-le. *Les femmes n'ont point d'imagination ; leurs meilleurs Ecrits sont tous comme elles, jolis & polis.* Et ailleurs : *Elles n'ont pas plus de goût que d'imagination. Si vous les consultez sur votre parure ; vous serez mis d'une manière ridicule ; si vous les consultez sur vos ouvrages, leurs conseils les rendront détestables.* Nous espérons qu'à chaque page de notre *Recueil*, on trouvera de quoi repousser des assertions évidemment dictées par l'envie ou la malignité ; & que les petits talens, les génies médiocres n'auront plus si beau jeu à contester à nos *grandes Femmes* la portion de gloire qui leur est due, & dont la possession leur sera dorénavant garantie par les Rédacteurs du *Petit Almanach*.

FIN.

www.ingramcontent.com/pod-product-compliance
Ingram Content Group UK Ltd.
Pitfield, Milton Keynes, MK11 3LW, UK
UKHW021105220726
13924UKWH00004B/1513

9 782019 31712